Michael Löblein

Werwolf Jagd im Wald

Eine Tragikomödie

Bibliografische Information der Deutschen
Nationalbibliothek:
Die Deutsche Nationalbibliothek
verzeichnet diese Publikation in der
Deutschen
Nationalbibliografie; detaillierte
bibliografische Daten sind im Internet über
http://dnb.dnb.de abrufbar.
1.Auflage, 2025 Lauffen am Neckar
Michael Löblein
Werwolf Jagd im Wald- Eine Tragikomödie
Korrektorat: Books on Demand
Coverdesign: openAi, Michael Löblein
Werwolf:openAi

URL: www.jason-fool.de
Michael Löblein
Gradmannstr. 25
74348 Lauffen a.N.
Verlag: BoD · Books on Demand GmbH, In de Tarpen 42,
22848 Norderstedt, bod@bod.de
Druck: Libri Plureos GmbH, Friedensallee 273,
22763 Hamburg
ISBN: **978-3-7693-6730-0**

Michael Löblein

Werwolf Jagd im Wald

Eine Tragikomödie

Die Geschichte, die ich Ihnen gleich erzählen werde, hat sich genauso zugetragen, wie ich es berichten werde. Mein Name ist Esther Kleinschmitt, ich bin Kryptozoologin.

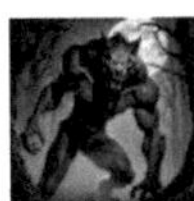

Kapitel 1

»Hallo, Esther, ich hole dich in zehn Minuten im Büro ab, wir haben einen neuen Fall. Ein Werwolf. Wir treffen uns in einer Stunde mit Mark Gotthardt, er ist Förster«, sagte Tom und legte auf.

»Hi, Tom, schön, dich zu hören, mein Wochenende war schön, danke der Nachfrage«, grummelte ich und stellte das Telefon zurück in die Station. Ich war gerade dabei, meinen schwarzen Lippenstift nachzuziehen, als die Tür aufgerissen wurde.

»Bist du so weit? Wir müssen los!«, rief Tom von der Tür aus.

»Bin schon fertig!«, sagte ich und warf den Lippenstift in meine Natotasche. Sekunden später war ich bei Tom an der Bürotür angekommen. »Na los!«, forderte ich ihn auf und machte eine Bewegung mit den Händen Richtung Ausgang.

»Was ist dir denn heute für eine Laus über die Leber gelaufen?«, fragte Tom.

Ich verdrehte die Augen und zwängte mich an Tom vorbei durch die Tür.

»Frauen!«, stöhnte Tom und schloss das Büro ab. Dann ging er hinter mir die Treppen in die Garage herunter. Sein Ford Focus in Grün metallic stand quer auf drei Parkplätzen. Ich zog die linke Augenbraue hoch. »Was? Ich hatte es eilig!«

»Habe ich etwas gesagt?«

»Dein Blick war eindeutig«, sagte Tom und entriegelte die Türen mit einem Knopfdruck auf seinen Schlüssel. Ich beeilte mich einzusteigen, es wäre nicht das erste Mal, dass Tom

losfahren würde, obwohl ich noch mit einem Bein draußen stand. »Hast du Sachen zum Wechseln mit?«, fragte Tom.

»Müssten noch in deinem Kofferraum sein«, sagte ich.

»Ah, dann ist ja gut, dann verlieren wir nicht noch mehr Zeit«, sagte Tom.

»Könntest du mir mal verraten, warum du es heute so eilig hast?«, fragte ich.

»Der Werwolf ist vor einer halben Stunde gesehen worden«, sagte Tom.

»Es ist grade mal«, ich sah auf meine Armbanduhr, »halb sieben«, sagte ich.

»Ja, ein Glücksfall, dann könnten wir mal vor sechs Uhr morgens zuhause sein«, sagte Tom.

»Kann es sein, dass du heute noch mit einer Frau zum unverbindlichen Sex verabredet bist?«, fragte ich.

»Wenn du es genau wissen willst, mit zweien, es sind Zwillingsschwestern«, sagte Tom.

Ich verdrehte die Augen. »Das habe ich gesehen!«, rief Tom.

»Das ist ganz allein deine Privatsache. Können wir jetzt endlich los?«, fragte ich.

»Das liegt ja wohl nicht an mir«, sagte Tom und trat aufs Gas. Ich schnallte mich schnell an und hielt mich am Polster der Sitzfläche fest, als Tom mit hundertdreißig auf die Straße einbog.

»Bist du irre, hier ist eine Dreißiger-Zone!«, protestierte ich. Tom trat auf die Bremse, und ich konnte mich gerade noch abstützen, bevor mein Gesicht die Frontscheibe geknutscht hätte.

»Zufrieden?«, fragte Tom und gab wieder Gas. Ich verkniff mir weitere Kommentare, das kannte ich schon von ihm, wenn er in dieser Stimmung war, konnte er eine echte Gefahr im Straßenverkehr sein. Ich wurde von seinem herben, männlichen Duft abgelenkt und vergaß sogar, weiter wütend auf ihn zu sein.

Nach einer Stunde hielt Tom vor einer zweistöckigen Hütte mitten im Wald. Er schaltete den Motor aus und sprang aus dem Wagen, dann stapfte er auch schon in den Wald. Ich schnallte mich ab und jagte ihm hinterher, ich hatte keine Lust, die nächste Stunde allein im Auto zu verbringen, weil ich Angst hatte, mich zu verirren, und Tom über alle Berge war. Nach vielleicht zwanzig Minuten kam ein grüner Transporter in Sicht, am Steuer saß jemand mit einer grünen Jacke und einer Sonnenbrille. Es war schon beinahe dunkel und ich dachte bei mir, dass diesem Typ cool sein über alles gehen musste.

»Hast du es endlich geschafft?«, fragte Tom.

»Hallo, ich bin Est…«, weiter kam ich nicht, denn Tom schnitt mir das Wort ab.

»Der Wolf wurde also vor zwei Stunden hier in diesem Gebiet gesehen, sagen Sie, Mark?«

»Ja, genau. Er hatte graues Fell und war riesig. Sowas habe ich noch nie gesehen«, sagte Mark.

»Sie haben ihn selbst gesehen? Faszinierend«, sagte Tom.

»Hier, ich habe ein Foto mit meinem Handy gemacht«, sagte Mark und reichte es Tom. Dieser dachte natürlich gar nicht daran, mich auch mal einen Blick darauf werfen zu lassen, und reichte es Mark wieder.

»Gut, dann wissen wir alles, was wir für den Moment wissen müssen. Schönen Abend«, sagte Tom und klopfte auf die Tür des Wagens.

»Danke, dass du mich auch mal hast sehen lassen«, zischte ich.

»Du warst wie immer zu spät, selber schuld«, sagte Tom und machte sich auf, weiter in den Wald zu gehen.

»Idiot!«, zischte ich. Stapfte ihm aber hinterher. Plötzlich sank er auf die Knie, ich hatte Probleme zu bremsen und wäre fast in ihn hineingelaufen, konnte aber im letzten Moment noch zur Seite springen.

»Was machst du hier für einen Rabatz?«, fragte Tom.

»Oh entschuldige, wenn ich versucht habe, einen Zusammenstoß zu verhindern, beim nächsten Mal renne ich ungebremst in dich rein«, sagte ich.

Aber er hörte mir schon nicht mehr zu. Mit einem Mal sprang er auf und rannte los. Etwas unschlüssig stand ich da, dann sprintete ich hinterher, achtete aber darauf, einen Sicherheitsabstand einzuhalten. Tom bückte sich, nahm etwas in die rechte Hand und drehte sich triumphierend zu mir um. »Losung!«, rief er und hielt mir Wolfscheiße ins Gesicht. Leider konnte ich nicht rechtzeitig ausweichen und so traf

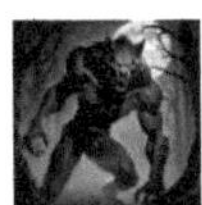

mich die Kacke am Mund. Ich sprang zurück und kramte nach einem Taschentuch, dann rieb ich mir den Mund ab, hatte aber das Gefühl, die Scheiße nicht wegzubekommen. Tom verpackte seinen Fund in einer Plastiktüte, die er aus einer seiner Taschen in der Jacke hervorgezaubert hatte. Ich kramte nach meinem Desinfektionsspray und schoss mir eine Ladung auf den Mund. Tom rannte weiter. Ich verstaute das Fläschchen wieder und hetzte hinterher.

»Hast du eigentlich deine Pistole dabei?«, fragte ich.

»Ich wusste doch, dass ich was im Auto vergessen habe. Na egal, wir können jetzt nicht mehr zurück, sonst verlieren wir die Spur«, sagte Tom.

»Und wenn wir dem Vieh begegnen? Willst du es dann zu Tode quatschen?«, fragte ich.

»Das sehen wir dann«, sagte Tom, völlig auf die Jagd konzentriert.

Ich überlegte, die Waffe zu holen, aber ich hatte inzwischen die Orientierung verloren und hätte das Auto nie gefunden, also trottete ich weiter hinter Tom her. Mir brach der Angstschweiß aus, als neue Spuren vor uns auftauchten und ein Heulen zu hören war.

»Da ist er! Hinterher!«, rief Tom.

Ich hatte nichts gesehen, blieb ihm aber dicht auf den Fersen. Plötzlich sah ich rechts eine Bewegung. »Vorsicht Tom!«, schrie ich.

Aber es war zu spät. Tom wurde von den Beinen gerissen, und schon hatte sich der Riesenwolf in seinen rechten Unterarm

verbissen. Tom zerrte mit seiner linken Hand an dem Arm im Maul des Wolfs, bekam ihn aber nicht frei. Ich kramte in meinen Taschen und fand das Wildtierspray. Ich gab dem Werwolf eine Ladung direkt auf die Nase. Er heulte auf und ließ von Tom ab, dann verschwand er im Wald.

»Scheiße Esther! Was sollte denn das?«, fragte Tom wütend.

»Ich habe dir gerade das Leben gerettet!«, rief ich empört.

»Ich hatte alles im Griff«, sagte Tom.

»Sah mir aber nicht danach aus, noch ein paar Minuten länger und du wärst jetzt der einarmige Tom«, sagte ich. Der Stoff seines Ärmels war blutgetränkt. »Lass mich das verbinden«, bat ich.

»Na gut, wenn du meinst«, sagte Tom und zog seine Jacke aus. Die Wunden waren tief und hatten nur um Millimeter die Pulsader verfehlt.

»So, wenn ich dich verbunden habe, bringst du uns zurück zum Auto und ich fahre dich ins Krankenhaus, das muss sicher genäht werden«, sagte ich.

»Bist du irre, jetzt, wo wir ihm so nah sind?«, fragte Tom.

»Ich will dich aber nicht morgen im Leichenschauhaus besuchen müssen, also komm jetzt«, sagte ich.

»Mist, er ist jetzt sicher über alle Berge. Also gut, gehen wir zurück«, sagte Tom und rappelte sich auf.

Dieser Kerl raubt mir nochmal den Verstand, er ist so unvernünftig.

Als wir endlich am Auto angekommen waren, hatte sich der Verband rot verfärbt. »Gib mir die Schlüssel!«, herrschte ich Tom an, denn ich wusste, er würde gerne selber fahren, was in seinem Zustand ausgeschlossen war. Er drückte sie mir in die Hand, ich entriegelte das Gefährt und wir stiegen ein. Ich fuhr Tom ins nächste Krankenhaus, er musste mit zehn Stichen genäht werden.

Als ich ihn nach Hause fahren wollte, dachte ich erst, mich verhört zu haben. »Los, zurück zum Wald«, sagte Tom.

»Hast du sie noch alle? Du bist gerade halb aufgefressen worden«, sagte ich und weigerte mich, ihm die Schlüssel zu geben, als er sie verlangte. Am Ende setzte ich mich durch, weil ich sein Doppeldate erwähnte. Ich lieferte ihn in einer Kneipe ab und fuhr in meine Wohnung.

Mein Kater und meine zwei Katzen warteten schon auf mich. »Hallo, meine Lieben. Merlin, Emily und Suzanna, nett, dass ihr mich alle drei begrüßt«, sagte ich. Ich ging in die Küche und richtete für sie neues Futter, dann stellte ich mich unter die Dusche. Blut mischte sich unter das Wasser, und ich musste wieder an Tom denken, so ein verdammter Idiot, wären seine zwei Schwestern nicht gewesen, wäre er tatsächlich zurück in den Wald, und ich wäre mit, weil ich sonst vor Sorge umgekommen wäre.

Um vier klingelte mein Handy. »Ja! Wer ist da?«, fragte ich verschlafen.

»Tom hier, du musst mich abholen, mein Doppeldate ist vorbei«, sagte Tom und gab mir die Adresse.

Ich fluchte vor mich hin, als ich mich anzog, und fluchte noch den ganzen Weg, bis zu dem Treffpunkt, den Tom mir genannt hatte.

»Na, das wurde aber auch mal Zeit«, begrüßte Tom mich.

»Freut mich auch, dich zu sehen«, sagte ich.

»Ja, ja, jetzt los zum Wald, wir haben noch zu arbeiten«, sagte Tom.

»Es ist mitten in der Nacht, du wurdest angegriffen und außerdem riechst du nach Sex«, sagte ich.

»Darauf kann ich jetzt keine Rücksicht nehmen, los zum Wald«, befahl Tom.

Ich weiß nicht, warum, aber ich hatte einfach keine Kraft mehr zu diskutieren, und so fuhr ich zurück zu der Hütte. Ich war kaum angekommen, als Tom schon die Tür aufriss, obwohl der Wagen noch rollte. Er schnappte sich die Pistole aus dem Handschuhfach und sprang ins Freie. Ich parkte, hetzte aus dem Auto und verschloss die Türen, dann rannte ich ihm wieder hinterher. Meine roten Haare wurden mir von einem starken Wind immer wieder ins Gesicht geweht. Ich hatte leider vergessen, mir einen Haargummi mitzunehmen, nachdem Tom mich geweckt hatte. Beinahe hätte ich ihn aus den Augen verloren, aber da blieb er stehen.

»Siehst du ein, dass es heute Nacht keinen Sinn mehr macht?«, fragte ich hoffnungsvoll.

»Psst!«, sagte Tom.

»Was ist?«, fragte ich.

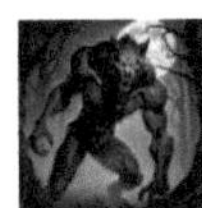

Er hielt nur seinen Finger vor den Mund und lauschte weiter, dann sprintete er unvermittelt los und ich ihm hinterher. Gerade noch war er vor mir und dann war er weg. Ich rannte weiter, übersah eine Senke und rollte einen Abhang hinunter. Mein Kopf schlug mehrmals auf dem harten Boden auf und ich biss mir auf die Zunge. Ich schmeckte Kupfer. Als ich unten angekommen war und mich hochgerappelt hatte, zischte Tom neben mir: »Geht das auch leiser!«

»Sorry, ich habe mir auf die Zunge«, setzte ich an, aber Tom schnitt mir mit einer Handbewegung das Wort ab.

Ich lauschte in die Nacht hinein. War das nicht ein Knacken? Ich kam leise auf die Beine. Tom machte Zeichen, dass wir uns aufteilen sollten. Das gefiel mir gar nicht, aber ich fügte mich in mein Schicksal und suchte die Umgebung ab. Wir suchten bis zum Sonnenaufgang, fanden den Wolf aber nicht.

»So eine Pleite!«, sagte Tom.

»Ich hätte so schön in meinem warmen Bett liegen können, stattdessen schlage ich mir in der Kälte die Nacht um die Ohren«, klagte ich.

»Wir lassen es vorerst, jetzt finden wir ihn nicht mehr«, sagte Tom. Dann führte er mich schweigend zum Auto. Er fuhr mich heim und verschwand.

Ich kroch wie erschlagen in mein Bett. Ich war gerade eingeschlafen, als mich ein Druck auf meinem Brustkorb weckte. Es war Merlin, der mir zu verstehen geben wollte, dass er Hunger hatte. Ich quälte mich aus dem Bett und gab ihnen ihr Frühstück und frisches Wasser, dann kroch ich wieder unter die Decke und war nach wenigen Minuten

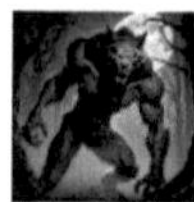

wieder eingeschlafen. Ich schlief bis ein Uhr, dann machte ich mir Müsli und einen Tee und saß an der Küchentheke. Mein Telefon klingelte. Es war Tom.

»Ausgeschlafen?«, fragte er.

»Geht so«, gab ich zurück.

»Keine Angst, heute Nacht gehe ich allein auf die Jagd«, sagte Tom.

»Kommt überhaupt nicht in Frage, wenn ich nicht gewesen wäre, wärst du jetzt tot«, schrie ich in den Hörer.

»Jetzt übertreib mal nicht«, sagte Tom. Ich beschloss zu schweigen, das führte zu nichts. »Du könntest im Büro nach einer Karte des Waldgebietes suchen. Damit wir eine Übersicht haben, in welchem Gebiet wir suchen müssen«, sagte Tom.

»Okay, mach ich. Ich drucke sie dann aus. Sonst noch was?«, fragte ich.

»Besorg dir neues Abwehrspray«, sagte Tom und legte auf. So ein Arschloch.

Ich fuhr ins Büro, und schon nach zwanzig Minuten ratterte der Drucker vor sich hin. Dann begann ich mit Paketband die einzelnen Seiten zusammenzufügen, leider ließ sich mein Plan schlecht falten, nachdem ich alles verklebt hatte. Mit einem Seufzer steckte ich den Plan in meine Tasche. Ich wollte es mir gerade auf meinem Stuhl gemütlich machen, als mir das Abwehrspray wieder einfiel. Also raffte ich mich auf und machte mich auf den Weg zum nächsten Nato-Shop im Nachbarort. Da ich kein Auto hatte, musste ich mit dem Zug

fahren, war aber schon nach zehn Minuten in der Stadt angekommen. Nach zwanzig weiteren Minuten betrat ich den Shop.

»Hallo, kann ich etwas für dich tun?«, fragte ein Mann, der etwa fünfzig sein musste und einen Rauschebart hatte, der mehr grau als braun war.

»Ich brauche Tierabwehrspray, am besten gleich drei Dosen«, sagte ich.

»Was hast du vor, Kampfhund-Patrouille in der Stadt?«, fragte er.

»Nicht ganz, meine beiden Freundinnen und ich wollen am Wochenende zelten, und ich habe gehört, in der Gegend gibt es Wölfe«, sagte ich und versuchte, eingeschüchtert zu klingen.

»Oh, klar. Ich gebe dir noch eine umsonst dazu. Nicht, dass euch das Zeug ausgeht«, sagte er.

»Das ist aber nett«, sagte ich und lächelte ihn an.

Er packte alles in eine Papiertüte, und ich bezahlte, dann winkte ich ihm und ging.

Als ich endlich im Büro war, knurrte mein Magen. Ich hatte seit dem Frühstück nichts mehr zu mir genommen und es war schon später Nachmittag, fast schon Abend. Ich sah in unseren Bürokühlschrank, aber außer einer Flasche Wasser, einer Flasche Whiskey und einem Bund Knoblauch war nichts drin. »Das ist ja mal wieder klar, nicht mal einen Quark hat er mir übriggelassen«, tobte ich. Ich hatte mich gerade dazu durchgerungen, einkaufen zu gehen, als die Bürotür

aufschwang, Tom hereinkam, auf seine Armbanduhr deutete und wieder verschwand. Das hieß dann wohl Aufbruch. »So ein Mist!« Ich schloss ab und ging zur Garage.

Tom saß bereits im Wagen und drückte das Gas durch, wohl um mich zur Eile zu bewegen.

»Ich komme ja schon, keine Panik«, schimpfte ich und stieg ein.

»Das hat ja mal wieder gedauert«, sagte Tom und gab Gas.

»Zwei Minuten später und ich wäre einkaufen gewesen«, sagte ich.

»Hättest du das nicht den Tag über erledigen können?«, fragte Tom. Ich biss mir auf die Unterlippe. »Hast du den Plan?«, fragte er.

»Uups, den habe ich oben liegen lassen«, sagte ich.

»Das ist jetzt nicht dein Ernst«, sagte Tom und stieg auf die Bremse.

»Verdammt Tom!«, rief ich, nachdem ich mir den Kopf an der Frontscheibe angeschlagen hatte, ich hatte vergessen, mich anzuschnallen. »Das war ein Scherz«, fuhr ich fort.

»Ha, ha, wie witzig«, sagte Tom und gab wieder Gas. »Hast du das Abwehrspray?«, fragte er.

»Vier Dosen«, sagte ich.

Er nickte, dann fragte er irritiert: »Ich dachte, du wolltest nur drei kaufen, unser Budget.«

»Beruhige dich, eine habe ich geschenkt bekommen«, sagte ich.

»Und wie weit musstest du dafür gehen, küssen, Titten oder Arsch zeigen?«, fragte er.

»Jetzt hör mal, ich bin doch keine Schlampe. Ich habe eine Geschichte vom Zelten und drei armen Mädchen und Wölfen erzählt«, sagte ich beleidigt.

»Dann ist ja gut«, sagte Tom.

»Da fällt mir ein, warum musste ich dich denn von deinem Date abholen?«, fragte ich.

»Ich habe keinen ...«, nuschelte Tom.

»Was?«, fragte ich.

»Okay, wenn du's wissen willst. Ich habe keinen hochbekommen. Jetzt zufrieden?«, fragte er laut. Ich konnte mir ein Grinsen nicht verkneifen. »Wusste ich doch, dass dir das gefällt! Ich bin eben keine Maschine«, verteidigte er sich. »Können wir das Thema jetzt abhaken?«

»Ja, klar. Das wird schon wieder«, sagte ich und tätschelte seine Wange.

»Dir erzähle ich nochmal was aus meinem Privatleben«, sagte er und sah grimmig auf die Straße.

»Tut mir leid, wirklich. Siehst du, ich lache nicht«, sagte ich und zeigte auf mein ernstes Gesicht.

»Okay. Da fällt mir ein, wie läuft es denn bei dir gerade sextechnisch?«, fragte Tom.

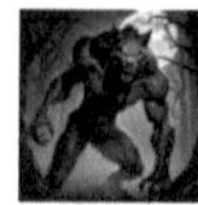

Ich errötete. »Da ist eher Flaute angesagt«, gab ich zerknirscht zu.

»Das klappt schon noch, du musst einfach öfter ausgehen«, sagte Tom und tätschelte mir das Knie.

Ich räusperte mich. »Wie ist der Plan für heute Nacht«, wechselte ich das Thema.

»Das muss dir doch nicht peinlich sein«, sagte Tom und sah zu mir rüber. Ich errötete.

»Okay, bevor es noch peinlich wird. Wir fangen dort an, wo der Angriff stattfand, und klappern dann den Wald in Quadraten ab, die wir mit deiner Karte vorher festlegen. Wir sollten nicht zu weit auseinander sein, wenn wir suchen, falls einer von uns Hilfe braucht«, sagte Tom.

»Okay, nimm aber diesmal die Waffe mit«, sagte ich.

»Ja doch!«, sagte Tom genervt.

Wir fuhren noch eine halbe Stunde durch den Abend, es wurde immer dunkler. Tom parkte wieder vor der Hütte und wir stiegen aus. Tom nahm die Knarre aus dem Auto und steckte sie sich in den Hosenbund, dann liefen wir los. Ich hatte eine Taschenlampe aus dem Kofferraum geholt, bevor wir aufbrachen, und leuchtete uns jetzt einen Weg durch den Wald.

»Okay, ab jetzt müssen wir vorsichtig sein«, sagte Tom, als wir die Stelle erreicht hatten.

Ich holte den Plan hervor und wir besprachen unser Vorgehen, dann begannen wir mit der Suche. Ich lauschte in

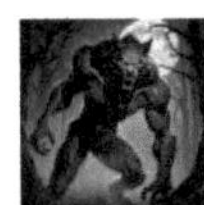

den Wald hinein und war so auf den Bereich vor mir
konzentriert, dass ich gar nicht mitbekam, wie Tom zurückfiel.
Als ich mich nach ihm umsah, war er nirgends zu sehen. Was
sollte ich jetzt machen? Zuerst wollte ich nach ihm rufen, aber
das hätte mir sicher eine Standpauke eingebracht. Also ging
ich langsam zurück in die Richtung, aus der ich gekommen
war. Plötzlich sah ich etwas auf dem Boden liegen, es war
Tom, ich stürzte auf ihn zu. »TOM!«, schrie ich.

»Psst! Jetzt hast du ihn mit Sicherheit verjagt«, sagte Tom und
richtete sich auf.

»Mein Gott, ich dachte, du seist verletzt«, sagte ich und
kämpfte mit den Tränen.

»Ich habe mich nur auf meine Umgebung konzentriert«, sagte
Tom.

»Sorry, es sah nur so aus, als ob«, sagte ich.

»Komm zurück zum Wagen«, sagte Tom und stapfte wütend
voraus. Es war mir ja so peinlich, sicher war ich gerade rot wie
eine Erdbeere, zum Glück war es dunkel.

Am Auto angekommen, schloss Tom auf, und ich verstaute die
Lampe, dann setzte ich mich auf den Beifahrersitz. »Tut mir
leid, wirklich«, sagte ich.

»Schon gut. Die Chancen standen heute ohnehin schlecht,
immerhin ist kein Vollmond mehr, jetzt müssen wir bis in vier
Wochen warten«, sagte Tom. Dann startete er und fuhr mich
nach Hause.

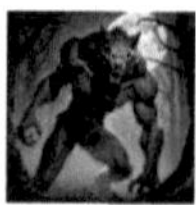

Als ich in meinem Bett lag, kamen Merlin und Suzanna zu mir. Ich umarmte sie und schmiegte mich an sie. »Auf euch ist Verlass«, sagte ich, dann schlief ich ein.

Mein Wecker dröhnte in meine Träume, dabei wurde ich gerade als Präsidentin der Welt vereidigt, ich hatte im Vorfeld alle Kriege beendet und alle Hungersnöte ausgerottet. Ach, was für ein schöner Traum. Ich kroch aus meinem schönen warmen Bett und brachte erstmal diesen üblen Wicht zum Schweigen, kurz überlegte ich, mich erneut hinzulegen, aber da kam Merlin mit Emily im Schlepptau und verlangte Futter. Nachdem ich drei Schalen gefüllt hatte und frisches Wasser in der Wohnung verteilt hatte, machte ich mir einen Tee, heute war eine Fruchtteemischung angesagt. Ich durchstöberte meinen Kühlschrank und holte Butter und Marmelade heraus. Heute hatte ich Brombeere erwischt. Nachdem ich gefrühstückt und abgewaschen hatte, machte ich mein Bett, dann verabschiedete ich mich von meiner Herde und machte mich auf den Weg ins Büro.

Mit dem Bus waren es gerade mal dreißig Minuten und ich konnte meine Augen noch ein wenig ausruhen.

Als ich im Büro ankam, sah ich Tom an meinem Schreibtisch sitzen und wie wild den Plan markieren, den ich in mühsamer Arbeit ausgedruckt und geklebt hatte.

»Hey, was machst du da?«, fragte ich. Bekam aber keine Antwort.

Da mein Tisch besetzt und der Kühlschrank nach wie vor leer war, machte ich mich auf, um ein paar Lebensmittel zu besorgen. Bepackt wie ein Muli, kam ich zurück und räumte

das Essen ein. Dann stellte ich mich neben Tom und räusperte mich.

»Ach, kommst du auch endlich?«

»Ich war vor vierzig Minuten schon mal hier, aber du hast mich ignoriert«, sagte ich.

»Das habe ich durchaus mitbekommen, aber ich war beschäftigt und konnte dir kein Unterhaltungsprogramm bieten«, sagte Tom.

»Als ob ich das jemals verlangt hätte«, sagte ich eingeschnappt.

»Ich kann mich jetzt nicht um deine Befindlichkeiten kümmern. Ich arbeite einen Plan aus, wie wir den Werwolf beim nächsten Vollmond aufspüren und vernichten können!«

»Nur weil ich eine Frau bin, heißt das nicht, dass ich überempfindlich bin, schreibe dir das mal hinter die Ohren«, sagte ich lauter als beabsichtigt.

»Ha! Eingeschnappt. Ertappt«, sagte Tom.

»Du bist so ein Doofi«, sagte ich.

»Können wir das hier irgendwie abkürzen? Oder bestehst du auf einer Analyse der Situation?«, fragte Tom.

Ich wollte gerade etwas erwidern, beschloss dann aber, dass es keinen Zweck hatte, und kaute stattdessen auf meiner Unterlippe herum.

»So, da diese Krise erfolgreich umschifft wurde. Hier war der Angriff und bis hier habe ich die Spuren verfolgen können. Hast du Höhlen oder Ähnliches gesehen?«, fragte Tom.

»Mir sind keine aufgefallen«, sagte ich.

»Sieh mal hier, auf deinem Plan. Da befinden sich Felsen oder Berge oder so etwas, vielleicht wohnt da unser Zielobjekt«, sagte Tom und zeigte auf eine Stelle auf dem Plan.

»Das ist aber ein ganzes Stück von dort, wo wir auf den Werwolf getroffen sind, entfernt, und dir ist schon klar, dass er oder sie keine Höhle braucht, weil er sich wieder in einen Menschen verwandelt, sobald der Vollmond weg ist«, merkte ich an.

»Das ist mir schon klar, aber ich glaube nicht, dass der Werwolf die ganze Zeit im Wald rumrennt, um ein Opfer zu finden, da hätte er in der Stadt doch viel mehr Auswahl auch nachts, da laufen immerhin genug Leute draußen rum, zum Beispiel Teenies mit einer Flasche billigem Fusel«, sagte Tom.

»Da ist was dran. Wir hatten ja schon manchmal Werwölfe in der Stadt oder im Industriegebiet, also warum sollte sich dieser hier auf den Wald beschränken?«, fragte ich.

»Eben, es sei denn, er wäre ein Einsiedler«, sagte Tom.

»Bisher ist aber nichts über menschliche Opfer im Wald bekannt, vielleicht jagt er nur Wild«, sagte ich.

»Esther, hast du jemals einen Werwolf erlebt, der keine Menschen angefallen hat?«, fragte Tom.

»Bisher nicht«, gab ich zu.

»Also können wir das hier auch mit Sicherheit ausschließen, er versteckt die Leichen nur besser als andere, vielleicht in seiner Höhle«, sagte Tom.

»Und du willst jetzt nach dieser Höhle suchen, damit du ihm beim nächsten Vollmond auflauern kannst?«, fragte ich.

»Ganz genau, unter deinen roten Haaren arbeitet ja ein wirklicher Verstand«, sagte Tom. Darauf rammte ich ihm meinen linken Ellenbogen in die Rippen. »Au, das tat weh!«

»Das war verdient«, sagte ich. Ein Grinsen breitete sich auf meinem Gesicht aus.

»Das habe ich genau gesehen, du grinst wie ein Hund, der seine Herrchen gegeneinander ausgespielt und ein zweites Mal Frühstück bekommen hat«, sagte Tom.

»Du bist so ein Spinner«, sagte ich.

»Also los, lass uns diese Höhle suchen«, sagte Tom und faltete den Plan zusammen.

So stapften wir also im Wald umher stundenlang.

»Tom, das bringt doch nichts, lass uns abbrechen«, sagte ich.

»Niemals! Nicht bevor wir diese Höhle gefunden haben.«

»Du bist so ein Sturkopf, ich habe mir schon Blasen gelaufen und es wird bald stockdunkel sein«, sagte ich.

»Dann geh halt zum Wagen zurück, ich suche weiter«, sagte Tom.

»Und wenn dich der Werwolf anfällt? Dann bist du geliefert und ich finde nur noch Teile von dir. Nein danke«, sagte ich.

»Tja, dann musst du wohl oder übel weitermarschieren«, sagte Tom und grinste höhnisch.

»Okay, ich gebe dir noch eine Stunde, wenn wir dann nichts gefunden haben, kehren wir um. Deal?«

»Kein Deal, ich suche weiter, und wenn ich tot umfalle, außerdem ist ohnehin kein Vollmond, also ist kein Werwolf unterwegs«, sagte Tom.

»Aber ich mutiere gleich zum Wolf«, sagte ich.

Tom ignorierte mich und lief einfach weiter. Nach geschlagenen drei Stunden hatten wir endlich diese verflixte Höhle gefunden.

»Da ist sie ja!«, stieß Tom triumphierend aus.

»Und, bist du jetzt glücklich?«, fragte ich.

»Und wie!«, sagte er.

Er nahm mir die Taschenlampe ab und betrat die Höhle. Es roch nach Tier und es war relativ warm. Der Boden war mit Knochen übersät, die knirschten, wenn man auf sie trat. Das Geräusch verursachte mir Gänsehaut. Tom rannte los, und da ich nicht so schnell reagierte, stand ich im Dunkeln.

»Tom, komm wieder zurück! Ich sehe nichts mehr!«, schrie ich.

Ein Lichtkegel blendete mich, und Tom hielt mir seine Hand hin. Ich griff nach ihr und fasste voll in die Exkremente eines Tieres. »Scheiße! Tom, was soll das?«, schrie ich und wich einen Schritt zurück.

»Genau, das ist es. Die Scheiße eines Werwolfs«, sagte Tom. »Gib mir mal welche von deinen Feuchttüchern«, forderte er und beförderte die Kacke in einen Plastikbeutel.

»Wie kommst du darauf, dass ich Feuchttücher habe?«, fragte ich.

»Haben Frauen die nicht immer dabei?«, fragte Tom.

»Also gut«, murrte ich und holte welche aus meinem Rucksack.

»Ha! Wusste ich es doch!«, sagte Tom.

»Das hat überhaupt nichts damit zu tun, dass ich eine Frau bin. Ich bin nur gern vorbereitet«, sagte ich und reichte ihm ein paar Tücher, dann säuberte ich mich selbst.

»Das bin ich auch, nur trage ich keine Tücher mit mir rum. Aber in diesem Fall war es sehr nützlich. Danke«, sagte Tom.

»Macho«, flüsterte ich.

»Also, wir haben seinen Unterschlupf gefunden, dann können wir beim nächsten Vollmond einfach hier auf ihn warten«, sagte Tom.

»Ich weiß nicht. Er wird uns doch sicher wittern und dann angreifen«, sagte ich.

»Papperlapapp. Wir schmieren uns vorher mit seinen Ausscheidungen ein, dann klappt das schon«, sagte Tom.

»Das ist jetzt nicht dein Ernst? Du denkst doch nicht, dass ich mich mit Werwolf-Scheiße einreiben werde«, sagte ich.

»Klar, warum denn nicht. Die Klamotten kannst du ja wieder waschen«, sagte Tom.

»Du bist total verrückt geworden! Das haben wir noch nie gemacht, wenn wir einen Werwolf erledigt haben«, rief ich.

»Nicht so laut«, sagte Tom.

»Hier ist doch keiner«, sagte ich leiser.

»Man weiß nie«, gab Tom zu bedenken. »Es könnten uns alle möglichen Leute belauschen.«

»Bist du jetzt nicht etwas paranoid?«, fragte ich. Tom zuckte nur mit den Achseln. »Können wir jetzt endlich wieder gehen?«, fragte ich.

»Moment noch«, sagte Tom.

»Was denn jetzt noch?«, fragte ich genervt.

Tom kramte in seinen Taschen herum und förderte eine Kamera zutage, die er in der Höhle platzierte.

»Jetzt können wir gehen.«

»Na endlich«, sagte ich.

Wir liefen zurück zum Wagen. Als wir ihn endlich erreicht hatten. ließ ich mich auf den Beifahrersitz fallen.

»Bitte fahr mich zu meiner Wohnung, ich will in mein Bett«, sagte ich.

»Eigentlich wollte ich noch eine Nachbesprechung im Büro machen«, sagte Tom.

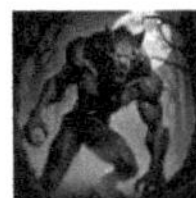

Ich sah auf meine Uhr. »Es ist vier Uhr zweiunddreißig. Ich will in mein Bett«, sagte ich.

»Na schön!«, sagte Tom und ließ den Wagen an.

Von der Rückfahrt bekam ich nichts mehr mit, denn ich schlief sofort ein.

Als ich erwachte, tat mir alles weh, ich saß im Auto in der Tiefgarage des Büros, Tom war weg. Wutentbrannt stieg ich aus und lief die Treppen hoch. Ich riss die Tür auf.

»Das ist ja wohl das Allerletzte! Du hast mich in der Garage gelassen?«, schrie ich.

»Guten Morgen. Du warst nicht wach zu kriegen. Als ich an deiner Wohnung angekommen war, hast du geschlafen wie ein Stein«, sagte Tom.

»Und da lässt du mich einfach allein im Auto?«, fragte ich mit vor Zorn rotem Gesicht.

»Das schien mir das Einfachste«, sagte Tom.

»Das ist wieder so typisch für dich, immer den leichtesten Weg gehen«, sagte ich.

»Reg dich doch nicht so auf, dir ist ja nichts passiert«, sagte Tom.

»Was ich ganz sicher nicht dir zu verdanken habe, du hast ja nicht mal das Auto abgeschlossen«, sagte ich.

»Das habe ich in der Tat vergessen«, sagte Tom. »Schwamm drüber. Die Übertragung der Kamera ist erstklassig«, sagte er.

»Ich frage mich, warum ich mir das von dir bieten lasse«, sagte ich.

»Weil du mich liebst, wie jedes weibliche Wesen«, sagte Tom.

Verdammt, wie kam er auf die Idee? Okay, ich war vielleicht ein wenig heimlich in ihn verliebt, aber das würde ich nie zugeben. Verdammt.

»Hier, ich habe dir einen Tee gemacht«, sagte er und holte eine Tasse aus unserer kleinen Küche.

»Danke«, nuschelte ich und setzte mich mit der Tasse an meinen Schreibtisch.

»Es war in der ganzen Nacht nicht ein einziges Tier in der Höhle, nicht einmal eine Maus«, sagte Tom.

»Klar, der Geruch hält sie fern«, sagte ich.

»Aber es sind nicht mal Motten oder andere Insekten zu sehen gewesen«, sagte Tom.

»Das erfasst deine poplige Kamera doch gar nicht«, gab ich zu bedenken.

»Die ist hochauflösend«, sagte Tom.

»Kannst du mich nach Hause fahren? Mir tun alle Knochen weh, und meine Kleinen brauchen was zu essen.«

»Na gut. Ich analysiere die Exkremente ohne dich, und heute Abend habe ich erneut mein Doppeldate«, sagte Tom.

»Die wollen dich nochmal ranlassen, nach dem Fiasko vom letzten Mal?«, fragte ich.

»Sie sind eben offen für diese Erfahrung«, sagte Tom.

Eifersucht machte sich in mir breit. »Dann wünsche ich dir viel Erfolg«, sagte ich schnell.

Als ich zuhause war, verteilte ich Katzenfutter und frisches Wasser, dann fiel ich mit Klamotten in mein Bett und schlief den Rest des Tages. Gegen zwanzig Uhr wurde ich wieder wach. Ich fühlte mich wie ein neuer Mensch, bis mir die Verabredung von Tom wieder ins Gedächtnis kam, da war es mit meiner guten Laune vorbei. Ich begann mir auszumalen, wie er die beiden Zwillinge abwechselnd beglückte, und wurde immer wütender auf ihn. Ich schnappte mir mein Handy und wählte schon seine Nummer, hob dann aber nicht ab, sondern pfefferte mein Handy auf mein Bett. »AAAH!«, rief ich und raufte mir die roten Haare. Ich zog mich aus und sprang unter die Dusche, danach ging es mir ein wenig besser. Im Bademantel saß ich in der Küche und wartete, bis der Wasserkocher fertig war, dann brühte ich mir einen Grüntee auf. Ich holte ein paar Bälle hervor und warf sie Merlin und Suzanna zu, Emily interessierte sich nicht so dafür.

Mir graute schon vor morgen, da würde sich Tom sicher über sein Date auslassen, es sei denn, es hätte wieder etwas nicht geklappt. Dafür drückte ich mir die Daumen.

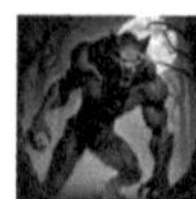

Kapitel 2

Nachdem ich die restliche Nacht wach geblieben war, machte ich mich schon um sechs auf ins Büro. Ich sah mir die Auswertung der Werwolf-Kacke an, und es war wirklich Werwolf, dann sah ich mir die Aufzeichnungen der Kamera an, aber außer ein paar Feldmäusen war nichts zu sehen. Ich fasste zusammen, was bisher passiert war, und beschrieb den Angriff ganz detailliert.

Gegen zehn ging die Bürotür auf und ein erschrockener Tom stand vor mir: »Herrgott, hast du mich erschreckt!«

»Dir auch einen schönen Morgen«, sagte ich.

»Schön? Was bitte ist an diesem Tag schön? Verdammt, die ganze Woche ist eine Katastrophe«, sagte Tom.

»Na, bis auf den Angriff war es doch gar nicht so schlimm«, sagte ich.

»Nicht schlimm? Nicht schlimm? Wenn du nur wüsstest. Gestern. Der einen Schwester habe ich es richtig besorgt, aber bei der zweiten, Totalausfall, mein Johnny konnte nicht mehr«, klagte Tom.

»Das passiert Männern eben manchmal«, sagte ich.

»Aber das schon zwei Mal bei derselben Frau?«, fragte Tom

»Vielleicht findest du sie einfach nicht attraktiv«, sagte ich.

»Oh doch, sie hat wallende rote Haare, einen Busen zum Reinbeißen und ist total durchtrainiert, kein Gramm Fett am ganzen Körper«, sagte Tom.

»Vielleicht bist du einfach noch von dem Angriff geschwächt«, sagte ich.

»Ach was, meine Wunden sind verheilt, alles ohne Probleme«, sagte Tom.

»Vielleicht sind zwei Frauen auf einmal einfach zu viel«, sagte ich.

»Ach was, bei der anderen Schwester hätte ich sofort wieder loslegen können, da bin ich mir absolut sicher. Vielleicht stimmt auch was mit ihr nicht? Vielleicht erinnert sie mich an jemanden oder so«, sagte Tom.

»Vielleicht an deine Mutter«, schlug ich vor.

»Ach was, die ist blond«, sagte Tom. »Es muss jemand anderes sein … Ah, jetzt weiß ich es! Du bist es!«, rief Tom.

»Ich? Du hast mich doch noch nie nackt gesehen«, sagte ich.

»Aber deine ständigen Vorhaltungen, ich solle mir eine Frau auf Dauer suchen, und das ganze Geschwafel«, sagte Tom.

»Das ist kein Geschwafel. Ich finde, es wäre gut für dich, wenn du mal eine feste Beziehung hättest«, sagte ich.

»Deswegen bist du auch Single, weil du auf den Traumprinzen hoffst«, sagte Tom. Ich verzog das Gesicht. »Volltreffer!«, rief er.

»Na und? Ich glaube eben an die ewige Liebe«, sagte ich.

»Das hat dich ja schon weit gebracht. Nach drei Jahren Beziehung hast du endlich herausgefunden, dass Kay dich seit

der ersten Woche eurer Beziehung betrogen hat, tolle Leistung«, sagte Tom.

»Damit hatte ich eben nicht gerechnet, ich dachte, es läuft alles gut zwischen uns«, sagte ich.

»Tja, einmal Sex in der Woche war ihm wohl nicht genug«, sagte Tom.

»Ich wusste nicht, dass er sexsüchtig war, er hatte nie etwas gesagt«, verteidigte ich mich.

»Ja, aber als du dich mit ihm verloben wolltest, hat er die Bombe platzen lassen und noch dein Konto leergeräumt. Glückwunsch«, sagte Tom.

Tränen liefen mir über die Wange. »Du bist so gemein«, schluchzte ich.

»Sorry», sagte Tom und nahm mich in den Arm, dann gab er mir einen Kuss auf mein rotes Haar. »Das hätte ich nicht sagen sollen«, sagte er.

»Aber es stimmt ja alles. Ich bin so dumm«, sagte ich und schniefte.

»Das bist du nicht, du bist nur zu vertrauensselig«, sagte Tom.

»Wenn ich meinem Partner nicht vertrauen kann, was soll dann das Ganze. Wozu führe ich eine Beziehung, wenn ich ihm nachspionieren muss?«, fragte ich.

»Versuch es mit unverbindlichem Sex, so wie ich das auch mache, ich sage dir, da bleibt dir einiges erspart«, sagte Tom.

»Das wäre nichts für mich. Ich brauche eine Stütze und jemand, der sich auch auf mich verlässt«, sagte ich.

»So, da das nun geklärt wäre. Meine Analyse hat ergeben, dass es eindeutig Werwolf-Kot war«, sagte Tom.

»Das habe ich schon gelesen. Ich habe mir auch die Kameraaufzeichnungen angesehen, aber da war nichts Auffälliges«, sagte ich.

»Das war ja auch nicht zu erwarten, es ist noch ein ganzer Monat bis zum nächsten Vollmond«, sagte Tom. »Okay, wir sollten schauen, ob unser Zelt noch dicht ist, und alles vorbereiten, damit wir in der Nähe der Höhle kampieren können, am besten nicht in Windrichtung zur Höhle, damit er uns nicht gleich wittert.«

»Das mit dem Zelt übernehme ich, du denkst doch wieder nur an deine Gespielinnen und kontrollierst nur, ob man es aufbauen kann«, sagte ich.

»Esther, im Beruf bin ich Profi, das solltest du mittlerweile wissen. Aber bitte, wenn du nicht glaubst, dass ich die Aufgabe bewältigen kann, dann überprüfe du das Zelt«, sagte Tom eingeschnappt.

»Jetzt schmoll nicht gleich, du kannst ja den Rest der Ausrüstung kontrollieren, vergiss diesmal nur die ...«, sagte ich.

»Die Pistole nicht, schon klar, als ob mir das noch einmal passieren würde«, sagte Tom.

»Ich wollte es nur erwähnt haben, nicht, dass es später wieder heißt, warum hast du früher nichts gesagt«, sagte ich.

»Habe es verstanden, und um gleich damit anzufangen, rufe ich gleich unseren Silberschmied an, dass er mir noch eine Ladung Kugeln herstellt«, sagte Tom.

»Ist das wirklich nötig? Die sind so schweineteuer«, sagte ich.

»Esther, das ist ganz dringend nötig, und was soll's, ich nehme unsere Firmenkreditkarte, das Konto kann ich um zehntausend Euro überziehen«, sagte Tom.

»Das machst du aber nicht! Ich weiß noch, wie lange wir das letzte Mal gebraucht haben, um fünftausend Scheine auszugleichen«, sagte ich entsetzt.

»Ja, aber du vergisst, dass uns diesmal die Forstverwaltung angefordert hat, und die werden auch pünktlich bezahlen«, sagte Tom.

»Die haben doch auch kaum Budget«, wandte ich ein.

»Die können sich einen Skandal gar nicht leisten, was glaubst du, was los wäre, wenn ich damit an die Presse gehe? Stadtverwaltung bezahlt Werwolf-Jäger nicht, nach getaner Arbeit«, sagte Tom.

»Schon, aber es kann immer etwas dazwischenkommen, der Gemeinderat legt sein Veto ein oder der Bürgermeister«, sagte ich.

»Das wird schon nicht passieren, und falls alle Stricke reißen, beleihen wir deine Wohnung«, sagte Tom.

»Was? Meine Wohnung. Spinnst du jetzt total?«, fragte ich geschockt.

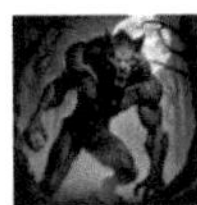

»Mein Auto ist kaum genug wert und ich wohne zur Miete, wie du weißt«, sagte Tom.

»Na toll, das ganze Risiko trage mal wieder ich, nur weil ich vorausschauend handele«, beschwerte ich mich.

»Du bist eben organisiert, im Gegensatz zu mir«, gab Tom zu.

»Und das soll mir jetzt ein Trost sein, oder was?«

»Aber klar doch. So wird es schon nicht kommen, wir erledigen den Auftrag und bekommen das Geld, dann können wir die Kreditkarte ausgleichen und haben noch ein schönes Polster«, sagte Tom.

»Ich erinnere dich daran, wenn ich obdachlos werde«, sagte ich resigniert.

»Ach, so schlimm wird es schon nicht werden, du kannst die ersten paar Tage bei mir auf der Couch schlafen«, sagte Tom.

»Wie großzügig«, sagte ich ironisch.

»Das finde ich auch«, sagte Tom.

Ich biss mir auf die Unterlippe, bis ich Blut schmeckte. Am liebsten hätte ich ihn geohrfeigt. »Oh, du blutest, mach das weg«, sagte Tom und reichte mir ein Taschentuch.

Ich riss ihm das Papier aus der Hand und betupfte meine Lippe. Dann stürmte ich auf die Toilette. Ich schloss die Tür und drehte den Wasserhahn auf. Dann ließ ich kaltes Wasser über meine Handgelenke laufen und begann durchzuatmen. Dieser nur um sich selbst kreisende Riesenarsch! Ich malte mir aus, wie ich auf der Straße lebte und meine drei Katzen mit mir, wie wir uns das Katzenfutter teilten, weil es zu mehr

nicht reichte. Ich schüttelte mich und kam wieder zurück ins Hier und Jetzt. Es klopfte an der Tür.

»Bist du da drin umgefallen?«, fragte Tom und klopfte.

»Nein, komme gleich raus!«, rief ich. Ich stellte das Wasser ab und schloss auf.

»Viel besser«, kommentierte Tom, als ich vor ihm stand. Kurz überlegte ich, ihm doch eine zu scheuern, ließ es dann aber sein.

»Wenn es okay ist, würde ich jetzt gern nach Hause gehen, es ist schon wieder sieben vorbei«, sagte ich.

»Klar, wir sehen uns morgen«, sagte Tom.

Innerlich noch vor Wut bebend, verließ ich das Büro. Dann musste ich fast eine halbe Stunde auf den Bus warten, was bei der Kälte kein Vergnügen war. Als ich endlich in meiner Wohnung ankam, warf ich mich auf das Bett und bekam einen Heulkrampf. Meine Wohnung und dann auf der Straße leben, schoss es mir durch den Kopf. Ich weinte noch stärker. Emily stupste mich an, und ich vergrub mein Gesicht in ihrem Fell. Sie schnurrte, und nach ein paar Minuten, versiegten die Tränen. »Wenn ich euch nicht hätte«, sagte ich. Dann stand ich auf und versorgte meine Rasselbande mit Futter.

Nachdem ich meine Wohnung auf Vordermann gebracht hatte, machte ich mich auf den Weg zurück ins Büro. Es war schon Nacht, deshalb kramte ich meine Inliner heraus und fuhr. Zum Glück fand ich das Zelt schnell im Keller des Büros. In einer halben Stunde hatte ich es im Büro aufgebaut und ließ nun Wasser aus einer Karaffe darüber laufen, dann setzte ich mich hinein und suchte alles ab, ob etwas nass geworden

war. Es war alles trocken, das Zelt war also dicht. Ich nahm mir drei Küchenhandtücher und rubbelte das Äußere des Zeltes ab, dann faltete ich es wieder zusammen und verstaute es dort, wo ich es gefunden hatte. Mittlerweile war es drei Uhr nachts und ich fühlte mich matt. Ich schnallte mir meine Inliner wieder an und fuhr zurück zu meiner Wohnung.

Merlin erwartete mich schon an der Haustür und gab ein, wie ich fand, vorwurfsvolles Maunzen von sich. Ich zog mich schnell um und kroch in mein Bett. Kurz darauf war ich von drei Katzen umringt und schlief schnell ein. Als der Wecker ertönte, konnte ich es kaum fassen. Ich war noch so müde. Ich beschloss, noch ein paar Minuten liegen zu bleiben, aber da machte sich meine Blase bemerkbar, verdammte Verräterin. So erhob ich mich und ging ins Badezimmer. Nach einer ausgiebigen Dusche fühlte ich mich schon halbwegs wieder wie ich selbst. Ich trabte in die Küche, schnitt mir zwei Äpfel in Scheiben und aß sie zu meinem frisch aufgebrühten Pfefferminztee. Ich säuberte die vier Katzenklos und stellte neues Futter und Wasser hin, dann zog ich mich an und machte mich auf den Weg zum Bus.

Der war heute wieder mal ziemlich voll. Ich war froh, noch einen Stehplatz zu ergattern. Der Geruch von altem Schweiß stieg mir in die Nase, mein Magen begann zu rebellieren. Ich drehte mich schnell weg, um vom Geruch einer Salami empfangen zu werden, was mir heute früh auch nicht gerade guttat. Ich war so froh, als endlich meine Haltestelle in Sicht kam. Ich quetschte mich zum Ausgang durch und stand schon wenig später draußen. Endlich frische Luft, wenn man mal von den Autoabgasen absah. Als ich das Büro erreichte, war Tom

noch nicht da, das änderte sich auch nicht, bis er endlich um elf auftauchte.

»Voll eingelocht, bei beiden Zwillingen!«, begrüßte er mich mit einem dämlichen Grinsen im Gesicht.

Eifersucht breitete sich in mir aus. »Glückwunsch«, sagte ich nur lahm.

»Ich habe der Rothaarigen einfach eine blonde Perücke aufgesetzt und schon lief es wie am Schnürchen«, sagte Tom.

»Das ist ja sehr interessant, aber …«, setzte ich an.

»Ja, da du kein Sexleben hast, lasse ich dich gerne an meinem teilhaben«, sagte Tom.

»Das ist echt nicht nötig«, sagte ich.

»Oh doch, dann kommst du vielleicht auch wieder auf den Geschmack und siehst ein, dass es ein Fehler ist, sich vor der Welt zu verschließen«, sagte Tom.

»Mir geht es verdammt gut, danke«, sagte ich und konnte ein Schnauben nicht unterdrücken. »Was ich die ganze Zeit versuche, dir zu sagen, ist, dass ich heute Nacht unser Zelt getestet habe, es ist absolut dicht.«

»Sehr schön. Die Patronen kann ich auch morgen schon abholen«, sagte Tom.

Ich schluckte schwer, als mir alles wieder einfiel, meine Wohnung. Mir lief es eiskalt über den Rücken.

»Könnten wir nicht um einen Vorschuss bitten?«, fragte ich.

»Das haben wir noch nie und werden wir auch nie!«, sagte Tom.

Du wirst auch nicht demnächst obdachlos, dachte ich mir verbittert.

Ich ging in die Küche und machte mir einen Tee, während Tom sich die Videos der Überwachungskamera im Schnelldurchlauf ansah.

»Nichts! Aber das hatte ich auch nicht anders erwartet«, sagte Tom und legte seine Füße auf seinen englischen Schreibtisch. Er trug heute schwarze Cowboystiefel zu seinen Jeans und seinem weißen Hemd. »Um nochmal auf vorher zurückzukommen. Die Zwillinge solltest du echt mal kennenlernen, vielleicht wären sie einem Vierer nicht abgeneigt, hast du Lust?«, fragte Tom. Ich verschluckte mich an meinem heißen Tee. »Langsam trinken«, empfahl Tom. »Du müsstest dann natürlich auch eine Perücke aufsetzen, da ich im Moment auf Rot nicht so gut reagiere«, sprach er weiter.

»Never ever!«, sagte ich, nachdem ich wieder zu Atem gekommen war. Was denkt sich dieser Macho eigentlich, wer er ist?

»Das wäre eine bereichernde Erfahrung für dich, glaub mir, danach bist du ein neuer Mensch«, sagte Tom.

»Ich verzichte«, sagte ich mit Nachdruck.

»Gut, wie du willst. Ich wollte dir nur helfen, aus deinem tristen Leben auszubrechen«, sagte er.

»Danke, wenn ich es nicht mehr aushalte, werde ich mich bei dir melden«, sagte ich ironisch.

»Sehr gut. Das sollte ja nicht mehr in allzu großer Ferne liegen«, sagte er. Entweder verstand er keine Ironie oder er ignorierte es einfach.

»Ich will gleich nochmal rausfahren, um einen Platz für unser Zelt zu suchen, kommst du mit?«, fragte er.

Da ich jetzt schon genug für heute von ihm hatte, verneinte ich, und so zog er allein los.

Etwa eine Stunde später klingelte ein Handy, Tom hatte es auf seinem Schreibtisch vergessen, da ich nicht wusste, ob er selbst anruft, hob ich ab, ohne genau auf das Display zu sehen. »Hallo Tom, du hast dein Handy …«, setzte ich an.

»Oh, wer ist da?«, fragte eine rauchige Frauenstimme.

»Ich bin Esther Kleinschmitt, die Arbeitskollegin von Tom, und wer sind Sie?«, fragte ich.

»Ich bin Bettina, die Zwillingsschwester von Kerstin, und …«, sagte sie, aber ich unterbrach sie.

»Sie sind gerade mit Tom zusammen«, sagte ich.

»Na ja, zusammen wäre übertrieben, wir haben nur etwas Spaß im Bett«, sagte sie.

»Tut mir leid, er hat sein Handy vergessen, soll ich ihm etwas ausrichten?«, fragte ich.

»Oh, das wäre nett. Sagen Sie ihm, das heute um zehn bei uns geht klar«, sagte Bettina.

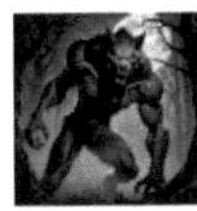

»Okay, habe ich notiert«, sagte ich.

Ich wollte gerade auflegen, als sie fragte: »Sind Sie die Kollegin, wegen der er nicht mit meiner Schwester kann, wenn sie keine Perücke trägt?«

»Ähm«, sagte ich, mir fehlten die Worte.

»Ach, das wird er uns schon heute Abend erzählen. Ciao«, sagte sie.

»Ja, ciao«, sagte ich und legte auf. Das Gespräch kam mir unwirklich vor. Ich machte schnell eine Notiz und legte sie Tom auf den Tisch. Er redete also mit seinen Gespielinnen über mich, das passte mir überhaupt nicht in den Kram. Ich dachte die ganze Zeit, er würde sein Sexleben irgendwie von unserer Arbeit getrennt halten, jetzt erkannte ich, dass ich mich getäuscht hatte.

Ich brachte unser Fallarchiv auf Vordermann und verabschiedete mich dann in den Feierabend, ich wollte ihm heute lieber nicht mehr begegnen.

Am nächsten Tag kam Tom um zehn, Liedchen trällernd ins Büro. Eifersucht erfasste mich und setzte mich einen Moment außer Gefecht.

»Guten Morgen, Esther-Schatz. Hast du dir schon einmal überlegt, dir eine andere Haarfarbe zuzulegen, dieses Rot ist schon ziemlich auffällig, und vielleicht lenkst du damit die Aufmerksamkeit von Werwölfen auf dich«, sagte Tom.

»Meine Haare bleiben, wie sie sind«, sagte ich und schüttelte den Kopf, allein die Idee. Mir war natürlich klar, dass er nur wollte, dass ich eine andere Haarfarbe habe, damit er seine

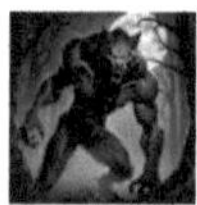

Sexpartnerin ohne Sack über dem Kopf besteigen konnte, warum auch immer ihn ihre Haarfarbe so aus dem Konzept brachte.

»War ja nur ein Vorschlag. Ach, in einer Stunde kannst du die Patronen abholen, ich muss noch was erledigen, du kannst den Wagen nehmen«, sagte Tom und reichte mir die Autoschlüssel. Ich ergab mich in mein Schicksal.

Als ich in der Schmiede stand, die Patronen eingepackt hatte und gerade mit unserer Kreditkarte meine Wohnung verpfändete, schossen mir Tränen in die grünen Augen, weil ich mir wieder vorstellte, auf der Straße leben zu müssen. Meine Freundin Paula hatte ich schon gefragt, sie würde sich um meine Katzen kümmern, wenn ich auf der Straße landete, natürlich hatte sie mir angeboten, bei ihr zu wohnen, aber ihr Freund Pierre und ich hatten kein sehr herzliches Verhältnis. Wenigstens um meine Kinder musste ich mir keine Sorgen machen, sie würden ein schönes Leben haben, während ich auf der Straße dahinsiechen würde. Wieder im Büro, knallte ich die Schachtel mit den Patronen und die Kreditkarte vor Tom auf den Schreibtisch, er war wohl vor mir zurückgekehrt oder noch gar nicht weg gewesen.

»Ich hoffe, diese Aktion war nicht der letzte Nagel zu unserem Sarg!«, sagte ich.

»Du siehst zu schwarz, wenn wir den Werwolf erlegt haben, bekommen wir einen Haufen Kohle von der Gemeinde, das wird alles perfekt laufen«, sagte Tom.

»Die Worte höre ich wohl, allein mir fehlt der Glaube«, sagte ich.

»Ich weiß, du hängst an deiner Wohnung, aber du kannst sie behalten, vertraue mir«, sagte Tom.

»Wenn dein genialer Plan schiefgeht, können wir unseren Laden dichtmachen«, sagte ich.

»Mach dir jetzt darüber keine Gedanken, hilf mir lieber eine Checkliste aufzustellen«, sagte Tom.

»Ich kann momentan an nichts anderes mehr denken, mein ganzes Leben hängt davon ab, dass wir diesen Werwolf erlegen«, sagte ich.

»Und das werden wir auch. Wir zelten bei der Höhle und früher oder später läuft uns das Biest in die Arme, dann schalten wir es mit einer Silberkugel aus und unsere Geldsorgen sind passe«, sagte Tom und lächelte mich an. Ziemlich unsicher, wie ich fand.

Mir wurde flau im Magen. Ich holte tief Luft, atmete aus und ließ meine Sorgen durch die Nase entweichen. Das wiederholte ich ein paar Mal, und dann bildete ich mir ein, dass es mir schon besser ginge.

Eine Stunde später stand ich im Supermarkt und kaufte Proviant ein, Dosenfutter. Meine Freundin würde sich um meine Fellbabys kümmern, während ich mitten in der Wildnis kampieren würde. Da ich gerade beim Einkaufen war, ging ich erneut in meinen liebsten Nato-Shop und kaufte mir ein Messer mit einer silbernen Klinge, sicher war sicher.

»Das hat ja ewig gedauert«, motzte Tom.

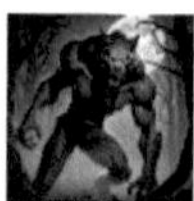

»Mir ist eben noch was eingefallen und da bin ich noch zum Nato…«, sagte ich, konnte aber nicht ausreden, weil mich Tom unterbrach.

»Das Geld, das du in diesem Nato-Shop liegen lässt, könntest du dafür verwenden, dir ein Hausboot zu kaufen«, lästerte Tom.

Ich zeigte ihm den Mittelfinger und verstaute die Lebensmittel in unserer Küche. Noch immer angefressen kehrte ich in den Büroraum zurück: »Wenn sonst nichts mehr anliegt, gehe ich jetzt heim«, sagte ich.

»Okay, ich muss mich auch langsam auf mein Doppeldate vorbereiten. Wir sehen uns morgen«, sagte Tom. Ich verschwand und knallte die Tür hinter mir ins Schloss.

Ich musste wie immer auf einen Bus warten, wütend ging ich auf der Straße auf und ab. Nach einer gefühlten Ewigkeit hielt endlich meine Linie und ich quetschte mich hinein. Ein plärrender Säugling war direkt neben meinem Ohr auf dem Arm einer Frau mit braunem hüftlangem Haar, sie sah etwas zerzaust aus, wahrscheinlich war sie heute noch nicht zum Kämmen gekommen, oder sie hatte sich so oft durch die Haare fahren müssen, weil das Kind ihr den letzten Nerv raubte, wie mir gerade, leider war der Bus gut gefüllt und ich konnte nicht ausweichen. Als endlich meine Haltestelle kam, hatte ich das Gefühl, taub zu sein.

Ich hetzte in meine Wohnung, wollte jetzt nur ein entspannendes Bad nehmen und dann schlafen, aber ich hatte die Rechnung ohne meinen Magen gemacht, der fing wie aufs Stichwort zu knurren an, als ich an der Küche vorbeilief. Ich bog ab und sah in meinen Kühlschrank. Eine

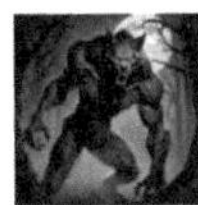

Tomate und eine Scheibe Käse waren noch drin, dann checkte ich den Brotkorb, leer. »Verdammt!«, fluchte ich und verließ die Wohnung wieder.

Ich spurtete zum nächsten Supermarkt, der zu Fuß eine halbe Stunde von mir entfernt war. Kaum angekommen hastete ich durch die Regale und schnappte mir irgendetwas, das essbar aussah. Dann kaufte ich noch Katzenfutter und schleppte zwei volle Einkaufstüten zu meiner Wohnung.

An der Tür wurde ich diesmal von Merlin begrüßt. »Hi, mein Kleiner, du hast wohl auch Hunger?«, fragte ich ihn. Ich betrat die Küche, kramte das Katzenfutter hervor und verteilte es auf drei Schälchen, dann platzierte ich sie im Wohnzimmer und räumte die Papiertüten aus. Als das endlich geschafft war, briet ich mir ein Steak in der Pfanne und machte mir dazu zwei Spiegeleier. Mein Magen knurrte erneut. »Ja, du kriegst ja was«, redete ich beruhigend auf ihn ein. Ich angelte mir einen Teller und verteilte das Essen darauf, dann schlug ich zu, nach fünf Minuten war alles aufgegessen, ich spülte und wechselte in mein Badezimmer, die blauen Fliesen an den Wänden, erinnerten mich immer an das Meer. Ich ließ Wasser in die Wanne laufen und fügte Badesalz hinzu. Dann sah ich noch einmal nach meinen Fellkindern und zog mich aus. In freudiger Erwartung glitt ich in das heiße Wasser und schloss die Augen. Ich hatte gar nicht gemerkt, wie verspannt ich gewesen war, aber langsam lockerten sich die Muskeln und ich seufzte wohlig. Suzanna kam zu mir an den Beckenrand und kontrollierte, dass ich auch nicht ertrank. »Alles okay, meine Süße«, sagte ich und sie verschwand wieder. Emily besuchte mich kurz darauf und balancierte auf dem Wannenrand herum, dann sprang sie auf den Boden und

verschwand ebenfalls. Ich schloss wieder die Augen und dachte an nichts, ich genoss einfach die Wärme. Ich schreckte hoch, mir war kalt. Ich musste eingeschlafen sein und das Wasser war in der Zwischenzeit kalt geworden. Eine Gänsehaut überzog meinen Körper. Ich zog den Stöpsel und kletterte aus der Wanne, dann schlang ich ein großes blaues Handtuch um mich und tapste in mein Schlafzimmer, ich holte mir frische Unterwäsche und schlüpfte hinein, dann zog ich den Schlafanzug an, er war blau und hatte Winne-the-Pooh auf dem Bauch aufgestickt. Ich ging zurück ins Badezimmer, säuberte die Wanne, putzte Zähne und ging ins Bett, meine drei warteten schon auf mich, ich gab jedem einen Kuss auf den Kopf, löschte das Licht und schlief ein. Im Traum sah ich, wie Tom und ich vor der Höhle im Zelt warteten, dann ertönte ein Heulen, es schien aus allen Richtungen gleichzeitig zu kommen, und unzählige Werwölfe stürmten das Zelt, die Waffe fiel zu Boden und rutschte aus dem Zelt, ich versuchte noch, danach zu hechten, als ein Biest mir den linken Arm abbiss. Ich schrie vor Schmerz und hörte auch Tom schreien, dann wurde mir in den Hals gebissen – und ich erwachte. Schweiß stand auf meiner Stirn. Meine Katzen schliefen selig weiter. Mein Herz pochte wie wild in meiner Brust. Plötzlich wurde mir übel, ich sprang auf und schaffte es gerade noch auf die Toilette, um mich zu übergeben. Durch mein Aufspringen hatte ich meine Fellies geweckt und die sausten jetzt im Bad umher, das half nicht gerade in meiner Situation. »Alles o...«, sagte ich, als ein neuer Schwall aus mir herausbrach. Schweiß lief mir in die Augen und ich begann zu zittern. Als nichts mehr kam, verharrte ich noch eine halbe Stunde auf den Knien, um ganz sicherzugehen, dann tupfte ich mir den Mund ab, stand auf und putzte zwanzig Minuten

meine Zähne. Ich überlegte, danach noch etwas Sprudel zu trinken, traute aber meinem Magen nicht so recht, und so schleppte ich mich durstig zurück ins Bett. Meine Kleinen hüpften auf dem Bett herum und ich hatte Mühe, mit meinem Bauch auszuweichen, aber schließlich legten sie sich wieder hin, und auch ich sank in mein Kissen zurück. Zur Probe schloss ich die Augen, keine Horrorbilder, das war gut. Dann schlief ich wieder ein.

»Guten Morgen. Du siehst scheiße aus«, begrüßte mich Tom.

»Sehr freundlich«, sagte ich.

»Wenn du krank wirst, dann geh lieber wieder nach Hause, ich will mich nicht anstecken«, sagte Tom.

»Wie fürsorglich du wieder bist«, sagte ich. »Ich habe nur schlecht geschlafen.«

»Du siehst aus wie der wandelnde Tod«, sagte Tom.

»Ich weiß selber, dass ich heute scheiße aussehe. Danke!«, sagte ich und hob beim Danke die Stimme.

»Kein Grund, gleich aggressiv zu werden«, sagte Tom.

»Ach, lass mich doch in Ruhe«, sagte ich und setzte mich an meinen Schreibtisch.

»Esther, du musst mal wieder vögeln, dann geht's dir gleich besser. Das schwöre ich«, sagte Tom.

»Ich verzichte«, sagte ich.

»Doch, das ist kein Scheiß, wenn ich schlecht drauf bin, hilft mir Sex immer, wieder in die Spur zu kommen«, sagte Tom.

»Ach, halt die Klappe«, sagte ich.

Ich sah es ihm an, er wollte etwas erwidern, verkniff es sich dann aber und wandte sich seinem Monitor zu. Ich stand auf, ging in die Küche und machte mir einen Kamillentee. Mit dem heißen Getränk bewaffnet, saß ich kurze Zeit später wieder an meinem Platz. Ich legte eine Liste von Dingen an, die wir bisher besorgt hatten, und was uns noch fehlte. Wir mussten nur noch neue Batterien für unsere Taschenlampen besorgen und tanken, sonst hatten wir alles beisammen. Mir wurde wieder flau im Magen, als Bilder aus meinem Traum vor mir auftauchten. Ich schluckte den bitteren Gallegeschmack herunter und nahm einen Schluck Tee.

»Soll ich kurz tanken fahren?«, fragte ich.

»Was?«, fragte Tom zurück.

»Ob ich tanken soll?«

»Das hat noch Zeit, wir fahren noch auf Reserve«, sagte Tom.

»Gib mir die Schlüssel«, sagte ich und stand auf.

Tom stand auch auf und holte die Schlüssel aus der rechten Hosentasche seiner Jeans. »Mach aber keine Kratzer ins Auto«, sagte Tom.

»Als ob das bei der Schrottmühle noch einen Unterschied machen würde«, sagte ich und schnappte mir die Schlüssel. Dann rannte ich aus dem Büro, bevor Tom noch etwas sagen konnte.

Außer Atem kam ich in der Garage an. Die Nacht hing mir noch in den Knochen, eindeutig. Ich schloss den Wagen auf

und machte mich auf den Weg zur Tankstelle, mit meiner
Tank-App schaute ich nach den günstigsten Anbietern im
Umkreis von zwanzig Kilometern und fand eine freie
Tankstelle in der Nähe. Kurz darauf füllte ich den Tankstutzen
ein und atmete den Geruch von Benzin tief in meine Lungen.
Ich mochte den Geruch, schon als Kind war das so gewesen.
Der Tank war voll. Ich hängte den Rüssel zurück in die
Zapfsäule, schloss das Auto ab und ging rein, um zu bezahlen.

»Die Eins«, sagte ich.

»Das macht zweiundfünfzigsechzig«, sagte ein Mann, der
vielleicht zwanzig sein mochte und längere Haare hatte als ich.

»Mit Karte bitte«, sagte ich und zog meine Bankkarte.

»Normalerweise mache ich das nicht, aber wollen wir uns
nicht auf einen Kaffee treffen und danach etwas Spaß
haben?«, fragte der Typ.

»Das hört sich wirklich verlockend an, aber leider bin ich
lesbisch. Sorry«, sagte ich.

»Schade. Schönen Tag noch«, sagte der Typ. Nachdem ich
kontaktlos bezahlt hatte, gab er mir die Quittung und ich
verschwand aus dem Laden.

Wieder im Auto, fing ich schallend an zu lachen, bis es hinter
mir hupte und ich schnell wegfuhr, mit Tränen in den Augen
machte ich den CD-Player an. Es lief von Buffalo Tom
›Postcard‹. Ich sang gut gelaunt mit. Nachdem ich in der
Garage geparkt hatte, hüpfte ich die Treppen nach oben und
trällerte vor mich hin.

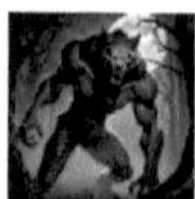

»Plötzlich so gut gelaunt, da hast du meinen Vorschlag aber schnell umgesetzt. Wer war der Glückliche?«, fragte Tom. Ich funkelte ihn böse an.

»Shut-up!«

»Ist ja auch egal, Hauptsache, du bist wieder normal«, sagte Tom. Ich warf ihm die Tankquittung an den Kopf. »Hey, das hätte ins Auge gehen können«, moserte er.

»Du Memme«, sagte ich nur und setzte mich an meinen Schreibtisch.

Kapitel 3

Nun war es endlich so weit. Mein Traum hatte sich nicht wiederholt, wofür ich sehr dankbar war. Wir hatten Zelt und Ausrüstung sowie Proviant in den Wagen geladen und fuhren gegen vier Uhr nachmittags los.

»Schon aufgeregt?«, fragte Tom.

»Das ist nicht unsere erste Werwolf-Jagd«, sagte ich. Dachte aber bei mir, dass es durchaus unsere letzte sein könnte.

»Kannst du dieses Kribbeln spüren? Diese Energie?«, fragte Tom.

»Ich spüre, dass du mal wieder viel zu schnell fährst und da vorne ein Blitzer steht«, sagte ich.

»Oh, verdammt!« Tom ging sofort vom Gas und schaffte es gerade noch, nicht fotografiert zu werden.

»Danke«, sagte Tom.

»Ich wollte dich nur nicht zu deinen Dates fahren müssen«, sagte ich und grinste ihn an.

»Du Biest«, sagte er lachend und knuffte mir in die Seite.

Als wir den Wald erreichten, hatte ich ein Ziehen im Magen. Verbannte das Gefühl aber schnell wieder. Wir schnappten uns die Rücksäcke und Tom schulterte noch das Zelt, dann brachen wir auf. Jetzt gab es kein Zurück mehr. Ich schalt mich eine dumme Pute, wir hatten das schon öfter erfolgreich durchgezogen, diesmal würde es nicht anders sein. Wir marschierten stumm nebeneinanderher. Als wir endlich bei der Höhle ankamen, dämmerte es bereits, aber der Vollmond

war noch nicht zu sehen. Schnell bauten wir das Zelt hinter einem breiten Busch auf und legten uns auf die Lauer.

»Tom, darf ich dir was Peinliches sagen?«, fragte ich, als wir nebeneinander im Zelt lagen.

»Klar.«

»Ich, oh Mann, ist das schwer. Also«, stammelte ich. Tom sah mich an. »Ich sag es jetzt einfach. Ich habe mich in dich verliebt«, sagte ich und wandte meinen Blick schnell ab.

Tom nahm mein Gesicht in die Hände. »Esther, du glaubst es mir sicher nicht, wegen all meiner Frauengeschichten, aber ich habe festgestellt, dass ich mich auch in dich verliebt habe«, sagte Tom. Dann küsste er mich. Viel zu früh löste er sich von mir. »Esther, etwas stimmt nicht«, sagte er. Er krampfte. In Panik versuchte ich, ihn zu umarmen, aber er bäumte sich auf, dann geschah das Schreckliche, er verwandelte sich in einen Werwolf. Ich konnte seinen scharfen Zähnen gerade noch ausweichen, mit denen er mich an der Kehle packen wollte. Dann stürmte er aus dem Zelt hinaus.

»Tom!«, schrie ich, bis ich keine Luft mehr bekam. Ich stürzte hinaus, aber er war nicht zu sehen.

Etwas brach durch das Unterholz, ich hechtete ins Zelt zurück, schnappte mir die Waffe, ich wollte nicht allein im Wald unterwegs sein, ohne mich wehren zu können, falls der andere Werwolf auftauchen würde. Ich wollte nach Tom rufen, aber ich bekam nur ein Krächzen heraus. Ich hatte die Taschenlampe vergessen, aber der Vollmond leuchtete mir den Weg. Zuerst lief ich geduckt, aber dann rannte ich einfach

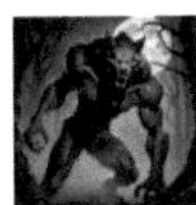

drauflos, ich wollte Tom finden, bevor ihn jemand anderes fand oder etwas. Der verdammte Biss, er war nur oberflächlich verheilt, aber Tom hatte sich mit dem Werwolf-Virus infiziert und es gab kein Gegenmittel. Noch nicht!, sagte ich mir. Tränen erschwerten mir die Sicht, ich blinzelte sie so gut es ging weg. Panik erfasste mich. Ich musste ruhiger werden, so war ich Tom keine Hilfe. Ich hielt an, schloss die Augen und atmete tief ein und wieder aus, bis ich einen Rhythmus gefunden hatte, der meinen Atem stetig verlangsamte. Als ich ganz ruhig war, öffnete ich die Augen und lauschte. Links von mir brachen Äste, ich machte mich auf den Weg, achtete aber darauf, selbst keine Geräusche zu verursachen.

Irgendwann kam ich auf eine Lichtung, und da sah ich sie. Tom und den Werwolf, sie waren ineinander verbissen. An Tom hingen noch Teile seiner Jeans. Ich versuchte, den anderen Werwolf ins Visier zu nehmen, aber Tom kam immer wieder in die Schusslinie. »Tom, aus dem Weg«, krächzte ich. Tom zeigte keine Reaktion, wahrscheinlich hatte er mich nicht gehört. Ich ging näher ran. Tom fuhr mit seinen Krallen über die Schnauze des Werwolfs, dieser heulte auf, vor Schmerz, wie ich hoffte. Dann bekam Tom einen Hieb über den Brustkorb, Blut quoll aus den Wunden, ich zog scharf die Luft ein. Ich musste etwas unternehmen, aber von hier aus konnte ich nichts machen. Also versuchte ich, um die Kämpfenden herumzuschleichen, als ich im Rücken des Werwolfs war, stürzte sich dieser auf Tom und beide gingen zu Boden. Ich sah nur ein Knäuel aus Pfoten. Einer der beiden heulte auf. Ich hatte nicht mitbekommen, wer es war, hoffte nur, dass es nicht mein Tom gewesen war. Er liebte mich, und jetzt diese Katastrophe. Ich würde ein Heilmittel finden, das schwor ich mir in diesem

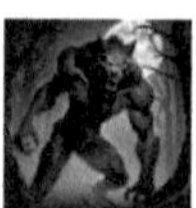

Moment. Der Kampf tobte unvermindert weiter. Ich wusste nicht, was ich machen sollte, ich bekam kein freies Schussfeld und der andere Werwolf hatte mehr Kampferfahrung als Tom. Ich tat etwas sehr Dummes, ich stürzte mich zwischen die beiden Kontrahenten. Eine Tatze traf mich an der Brust und ich wurde durch die Luft geschleudert, ich verlor die Waffe und prallte hart auf dem Boden auf. Mir blieb die Luft weg. Alles drehte sich um mich, mir wurde schwarz vor Augen. Nein, ich konnte jetzt nicht schlappmachen. Mit aller Kraft stemmte ich mich gegen die Ohnmacht und ich nahm meine Umgebung wieder wahr. Tom blutete aus mehreren Wunden, aber sein Gegner hatte auch einiges abbekommen. Ich rappelte mich auf die Füße. Wo war die verfluchte Waffe? Ich suchte die Umgebung ab, da, ausgerechnet in der Kampfzone. Meine Knie gaben nach. Nein, jetzt nicht aufgeben. Ich kroch auf allen vieren an die Waffe heran, als ich sie gerade erreicht hatte, bekam ich einen Hieb in den Magen. Ich rollte mich zu einem Ball und wartete auf mein Ende. Aber nichts geschah, dann sah ich auf. Tom hatte sich auf den Werwolf gestürzt und biss ihm in die Seite. Ja! Tom, weiter so, wollte ich schreien, aber ich hatte keine Stimme mehr. Ich bekam die Pistole zu fassen und feuerte, aber im letzten Moment geriet Tom in die Flugbahn der Kugel und sie traf ihn in den Kopf. Er brach tot zusammen. Schock durchfuhr mich, mein ganzer Körper war mit einem Mal taub. Ich stürzte auf Tom zu, der sich gerade zurückverwandelte. »Tom, bitte Tom, du darfst nicht sterben«, flehte ich. Aber es war zu spät. Tom, mein Tom war tot. Ich richtete die Waffe auf den Werwolf, der sich gerade aus dem Staub machen wollte, und traf ihn am Arm. Er schrie auf und verwandelte sich auch zurück. Es war ein vielleicht dreizehn Jahre altes Mädchen mit blondem Haar und Sommersprossen.

»Was ist passiert?«, fragte sie, und dann begann sie zu schreien, als sie die Wunde in ihrem Arm bemerkte. Ich konnte sie nicht beruhigen, denn ich kniete vor Tom und bettete seinen Kopf in meinen Schoss. Tränen strömten aus meinen grünen Augen. Das musste ein weiterer Alptraum sein, ging es mir durch den Kopf, aber in meinem Inneren wusste ich, dass es diesmal real war.

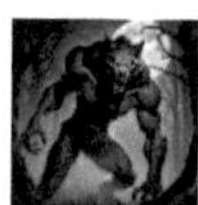

Kapitel 4

Ich habe mich selbst in eine psychosomatische Klinik eingewiesen. Nach dieser Nacht habe ich eine schöne große Depression entwickelt. Als ich es nicht mehr aus dem Bett schaffte, um meine Babys zu füttern, bat ich Paula darum, sich vorübergehend um sie zu kümmern, dann duschte ich, packte eine Reisetasche und fuhr zur Klinik. Und hier bin ich jetzt seit gut vier Wochen. Und in wenigen Minuten werde ich einer Handvoll Reportern meine Geschichte erzählen, unsere Geschichte.

Ende

Ich danke Laura Zöller, Anja Gsponer, Esra Aridag, meiner Familie, Emily und Suzanna meinen Katzen. Und natürlich Ihnen liebe Leserin, lieber Leser, dass Sie mein Buch bis hier gelesen haben, ich hoffe, es hat Ihnen gefallen.

Michael Löblein März 2025, Lauffen am Neckar.

Wald der Verdammnis

ISBN-10 - 3769314441

ISBN-13- 978-3769314441

Tina, Kevin und das Reporterkollektiv

ISBN-10: 3752609567

ISBN-13 : 978-3752609561

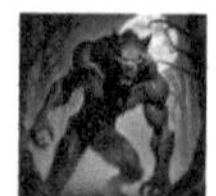